W9-BJL-201

Abuelita Opalina

María Puncel

Premio Lazarillo 1971

DISCARDED

LTX
5-00-7
Cel
vol. 5

ediciones **sm** Joaquín Turina 39   28044 Madrid

LAMAR UNIVERSITY LIBRARY

Colección dirigida por **Marinella Terzi**

Primera edición: junio 1981
Decimonovena edición: enero 1993

Ilustraciones y cubierta: *Margarita Puncel*

© María Puncel, 1981
Ediciones SM
Joaquín Turina, 39 - 28044 Madrid

Comercializa: CESMA, SA - Aguacate, 25 - 28044 Madrid

ISBN: 84-348-0924-9
Depósito legal: M-1897-1993
Fotocomposición: Grafilia, SL
Impreso en España/Printed in Spain
Imprenta SM - Joaquín Turina, 39 - 28044 Madrid

No está permitida la reproducción total o parcial de este libro, ni su tratamiento informático, ni la transmisión de ninguna forma o por cualquier medio, ya sea electrónico, mecánico, por fotocopia, por registro u otros métodos, sin el permiso previo y por escrito de los titulares del copyright.

Al abuelo de Isa, con todo el cariño con que él me enseñó a querer

EL PUEBLO se llama Brincalapiedra.

Todo el mundo está de acuerdo
en que Brincalapiedra es un nombre muy bonito y que suena muy
bien: Brinca-la-piedra; pero que
basta con eso, con que suene bien
cuando se pronuncia. No tiene por
qué hacerse verdad; ¿qué ocurriría
si un día, de repente, una de las
losas de la plaza, el pilón de la
fuente o un sillar de la torre de la
iglesia se pusiera a dar brincos?
Seguro que la persona que viera
una cosa así se quedaba... de piedra. A veces puede resultar un
verdadero lío que se haga verdad

lo que alguien se ha inventado como un puro juego...

Eso es lo que le pasó a Isa.

La cosa ocurrió en Brincalapiedra y sucedió así:

¡Dong... dong... dong... dong...! ¡Las cuatro!

El reloj de la torre había dado las cuatro de la tarde.

Isa, escribiendo en su pupitre de la escuela, oyó sonar las campanas y levantó la cabeza. Imaginó las campanadas como cuatro inmensas pompas de jabón, gordas, retumbantes, bien rellenas de sonido.

Cuatro inmensas pompas de jabón que caían desde la torre del reloj flotando, resbalando, rodando, botando y rebotando sobre los tejados; que chocaban luego contra el alero del soportal de la plaza y se estrellaban sobre las losas del suelo. Al reventar, todo el sonido que llevaban dentro se esparcía por la plaza y se colaba por las ventanas entreabiertas de la clase.

—¡Ya son las cuatro! —comentaron varios niños a media voz.

Ya sólo quedaba otra media hora de clase.

Algunos niños se removieron inquietos en sus asientos porque estaban cansados de estar tanto tiempo trabajando sobre los cuadernos.

Otros niños apresuraron lo que estaban haciendo porque querían dejarlo terminado antes de que el reloj diese la campanada de la media hora.

Isa releyó su lista de palabras esdrújulas:

Jícara, cántara, sábana,

áncora, zíngara, cántabra,
húngara, quíntuple, vértebra...

—Ya tengo nueve. Solamente me faltan otras dos y termino. Leídas así, todas seguidas, casi suenan a verso —se dijo.

Pensando, pensando, para encontrar las dos esdrújulas que le faltaban dejó correr su mirada por encima de las cabezas de sus compañeros. Al otro lado de la ventana se veía la plaza llena de sol. Un enorme abejorro golpeó un par de veces contra el cristal y luego se coló en la clase. Revoloteó sobre los pupitres asustando a algunos niños, divirtiendo a otros y distrayéndolos a todos.

—Es una abeja —dijo Teresa.

—Es más grande que una abeja —afirmó Juan.

—Será un «abejo» —bromeó Matilde.

La señorita Laura se levantó de su mesa y fue a abrir la ventana de par en par para facilitar la salida al insecto.

Mirando al abejorro y escuchando los comentarios de sus compañeros, Isa encontró una nueva palabra esdrújula para su lista:

húngara, quíntuple, vértebra, *zángano...*

—Una más y termino —calculó. Y siguió rebuscando en su memoria. La verdad es que no hubiera necesitado pensar tanto. La señorita Laura había dicho que el que quisiera podía utilizar el diccionario; pero Isa había preferido no hacerlo. Le parecía mucho más divertido encontrar las palabras en su cabeza que buscarlas en el libro. Lo primero era como jugar un juego «yo contra mí», lo segundo era simplemente un trabajo de clase.

—Seguiré pensando, tengo tiempo...

Pero no le quedaba tanto tiempo como creía.

La señorita Laura dio unos golpecitos con la regla sobre su mesa para llamar la atención de los alumnos:

—Atendedme, que os quiero explicar una cosa.

Tuvo que repetir los golpecitos en la mesa y esperar unos momentos hasta que consiguió que los más distraídos la mirasen con ojos de estarse enterando de lo que les decía:

—Quiero que para mañana preparéis un trabajo. No que lo hagáis, ¿eh? Solamente que lo preparéis. Me gustaría que cada uno de vosotros pensase en su abuela, o en sus abuelas los que tengáis dos. Mañana, en cuanto entréis en clase, escribiréis un ejercicio de redacción en que explicaréis cómo es vuestra abuela, qué cosas le gustan y le disgustan, cómo se viste, en qué se ocupa, qué cosas hace ella por vosotros y qué cosas hacéis vosotros para que ella esté contenta... ¿entendido?

—Sí, señorita —contestaron casi todos los niños.

¡Dong!

¡Las cuatro y media! ¡Hora de salir de la escuela!

Todos los niños empezaron a charlar y a moverse al mismo tiempo.

¡Por hoy se había terminado el tiempo de clase!

Se armó un barullo terrible:

—¡Hora de merendar!

—¡Hora de ir a ordenar mi colección de sellos!

—¡Hora de ir a patinar!

—¡Hora de ir a saltar a la comba!

—¡Hora de ir a leer mi libro nuevo!

—¡Hora de ir a jugar a las canicas!

Porque parece mentira que las cuatro y media, que es la misma hora para todo el mundo, sea, al mismo tiempo, una hora en la que casi todos quieren hacer cosas diferentes.

Isa también hizo ahora una cosa diferente a la que hacían todos. Ni se movió ni empezó a recoger sus cuadernos ni habló. Tampoco había dicho «Sí, señorita», como habían contestado momentos antes sus compañeros.

Isa tenía un problema, es decir dos, pero uno mucho más importante que el otro: le faltaba una esdrújula todavía, y...

Los niños de la clase, que ha-

bían recogido ya sus cosas, empezaron a salir:

—Hasta mañana.

—Hasta mañana.

—Hasta mañana.

Isa se levantó de su sitio y ca-
minó hacia la mesa de la profesora. En ese momento, Tomás salió
de su sitio a toda velocidad mirando a Felipe, y ¡zas!, el encontro-
nazo fue terrible. Tomás volvió a
quedar sentado en su sitio violentamente. Isa cayó al suelo.

Desde el suelo lanzó su protes-
ta:

—¡Bárbaro, pareces un bólido!

Tomás parpadeó dos veces.
Luego se acomodó un poco mejor
en su asiento y sacó el cuaderno y
un bolígrafo. Escribió:

... *bárbaro, bólido...*

porque también él había estado
trabajando en la lista de las es-

drújulas. Y también la tenía incompleta.

Isa ni se dio cuenta del favor que acababa de hacerle a su compañero. Llegó hasta la mesa de la profesora para informar:

—Yo no puedo hacer ese ejercicio de redacción sobre la abuela.

—¿Por qué, Isa?

A veces casi resulta increíble las cosas tan fáciles que hay que explicarles a las personas mayores.

—¡Porque yo no tengo abuela!

—Pero la habrás tenido.

—No.

—¡Tus padres han tenido una madre cada uno, así que tú has tenido dos abuelas, como todo el mundo!

—¡Las dos se murieron antes de que yo naciera! Así que nunca fueron mis abuelas...

—Bueno, en ese caso... —la señorita Laura se quedó un momen-

17

to pensando. Hasta se mordió un labio para ayudarse a pensar mejor. Y, al cabo de un momento, se le ocurrió una idea bastante buena:

—No importa que no hayas tenido nunca abuelas. Puedes hacer mañana el ejercicio de redacción como todos. Y hasta mejor que todos los otros. Ellos tendrán que hablar de cómo son sus abuelas de verdad. Tú te puedes inventar una abuela a tu gusto. Puede resultar divertido, ¿no crees?

Isa desarrugó la nariz:

—Ah, bueno, si puedo inventar...

—¡Claro que puedes!

A Isa le gustaba muchísimo inventar. Era una de las cosas que más le gustaban.

Se fue a su mesa, recogió todas sus cosas, las metió en la cartera y salió.

—Hasta mañana, señorita Laura.

Ni siquiera oyó la contestación de la profesora. Tenía muchísimo en qué pensar... ¡Inventarse una abuela entera!

Y empezó a cruzar la plaza.

EL ALCALDE de Brincalapiedra y un señor amigo suyo, que es
arquitecto, paseaban hablando de
sus cosas.

—Las conducciones están muy
viejas y pierden agua por todas
partes. Habrá que desmontar la
fuente entera y poner todas las ca-
ñerías nuevas.

—Pues ya que tienes que reha-
cer la fuente, deberías seguir mi
consejo y colocarla en el centro de
la plaza. Es una fuente muy boni-
ta y en esa esquina apenas se ve
—dijo el arquitecto.

—En esa esquina ha estado
siempre y ya te he dicho mil veces

que ahí seguirá estando —afirmó el alcalde.

—Pero sé razonable, hombre. En el centro de la plaza, la fuente luciría mucho más...

Isa avanzó balanceando su cartera hacia adelante y hacia atrás. Le parecía que hacer esto le ayudaba muchísimo a pensar. Y estaba trabajando en esa abuela inventada sobre la que tenía que escribir al día siguiente.

Ya empezaba a ver un poco cómo iba a ser. Todavía era solamente como una figura borrosa, como si la estuviera viendo a través de humo o de una lluvia muy fuerte: el pelo, la cabeza, el vestido, las manos... la estatura, las gafas... el olor...

—No, no lo llamaré olor —se dijo Isa—. Lo llamaré perfume. No, perfume tampoco porque suena a olor muy fuerte... ¡Ya está!, se llamará aroma, que es un olor, pero más suave.

Balanceó la cartera con más fuerza porque estaba pensando muy deprisa y le iba gustando lo que inventaba.

Y, de repente, se dio cuenta de algo muy importante: ¡La abuela inventada no tenía nombre!

¡Cataplún! La cartera chocó contra algo duro. Algo duro que gritó y se quejó.

—¡Ay, qué golpe! ¡Qué golpe me has dado! —aulló el arquitecto. Y saltó a la pata coja frotándose una espinilla, que era donde había pegado la cartera.

—Lo siento —se disculpó Isa—. Ha sido sin querer.

—¡Es que no ibas mirando por dónde ibas! —acusó el arquitecto.

—Sí miraba, pero no le he visto porque... bueno, porque iba distra...

El arquitecto no le dejó terminar la palabra:

—Pues tienes que mirar mejor, chiquito.

—Querrás decir chiquita. ¿No ves que es una niña? —corrigió el alcalde.

El arquitecto había dejado de dar saltos, pero seguía acariciándose la zona golpeada. Miró de reojo a Isa.

—Es un chico.

—Es una niña.

—¿Cómo te llamas?

—Isa.

—¿Lo ves? Isa de Isabel.

—¡Qué tontería! Isa de Isaac. Seguro.

Isa los oía discutir y pensaba: «Hay que ver en qué tonterías pierden el tiempo estos dos.»

El arquitecto decía ahora:

—Isa, tendrás que aprender a caminar con los ojos bien abiertos.

Dentro de poco, aquí mismo, en el centro de la plaza, estará la fuente. Si cruzas la plaza sin mirar por dónde vas, te caerás de cabeza en el pilón.

El alcalde levantó un dedo y levantó la voz:

—¡Jamás estará la fuente en el centro de la plaza! ¡Jamás un niño de Brincalapiedra que cruce la plaza se podrá caer dentro del pilón!

—Pero, hombre, sé razonable... Las leyes estéticas...

—¡No, no y no! ¡Tendremos una fuente nueva, pero estará en el sitio de siempre!

—¿Cómo se llamará? —preguntó Isa.

El alcalde y el arquitecto dejaron de mirarse enfadados para empezar a mirar a Isa con cara de asombro:

—¿Qué dices?

—¿Cómo se llamará quién?

Isa pensó que las personas mayores, a veces, son bastante desastre. Llevaban ya un buen rato hablando de la fuente y ahora...

—Digo, que cómo se va a llamar la fuente nueva.

—¡Ah, la fuente! —parpadeó asombrado el alcalde—. Pues no se llamará de ningún modo, creo yo... Las fuentes no tienen por qué tener nombre.

—Claro —apoyó el arquitecto—, ¿para qué necesita una fuente tener un nombre?

—¡Pues para que no se la confunda con otras fuentes! Yo tengo nombre ¿no? Y cada niño de mi clase tiene su nombre, y cada abuela de cada niño de mi clase tiene un nombre y todos son distintos. Para que cada niño no se confunda con otros niños ni una abuela se confunda con otra abuela... —explicó Isa.

El arquitecto y el alcalde parecían bastante aturdidos:

—Sí, sí, claro...

—No comprendo qué tiene que ver todo este lío de los nombres de los niños y de las abuelas con la fuente, que es de lo que estábamos hablando.

—Yo no hablaba de la fuente —afirmó Isa.

—¿No?

—No. Yo hablaba del nombre de la fuente porque...

—¿Sabes que no es mala idea esa de ponerle un nombre a la fuente? —dijo el arquitecto—. Ya que vamos a rehacerla y a cambiarla de sitio...

—¡No va a cambiar de lugar! —rugió el alcalde.

—¿Se te ocurre algún nombre

de fuente, Isa? —preguntó el arquitecto.

—¿Se le ocurre a usted algún nombre de abuela? —preguntó Isa.

—¿Quién piensa ahora en nombres de abuela? —protestó el alcalde.

—Yo —dijo Isa.

Y como los dos hombres se quedaron mudos durante un largo rato, empezó a caminar hacia su casa balanceando la cartera. El alcalde, además de mudo se quedó quietísimo, como clavado en el suelo. El arquitecto miró la cartera y pegó un brinco de costado para alejarse lo más rápidamente posible del peligro.

ISA ascendía la cuesta hacia su casa.

—No les ha importado nada que yo necesitase un nombre de abuela. ¿Qué más les daba a ellos que yo fuera Isaac o Isabel para ayudarme?

Pensó en los nombres de las abuelas de los otros niños. Casi todos eran bastante fáciles de recordar porque casi todas las abuelas se llamaban como alguno de sus nietos.

Por ejemplo, la abuela de Irenita se llamaba doña Irene. Era una señora muy alta y muy seria. Iba siempre vestida de negro hasta los pies y usaba bastón con puño de plata porque su abuelo había sido gobernador. Doña Irene olía siempre a limón. Por donde pasaba dejaba un olor tan fuerte a limón que Isa tenía la seguridad de que podría seguir su rastro por todo el pueblo con sólo levantar la nariz y atrapar el aroma por una punta.

—Un poco como doña Irene será mi abuela inventada —se dijo Isa.

La abuela de Rosalía era bajita y gorda. Iba siempre vestida de telas claras con florecitas y tenía los carrillos siempre muy colorados, como si acabase de asomarse en ese mismo momento a la puerta del horno. Y es que eso lo hacía casi sin parar. Ella preparaba mejor que nadie en todo el pueblo las galletas de nata y las rosquillas de huevo. Y las llevaba en ban-

dejas enormes a la panadería y allí las vendían al mismo tiempo que el pan y se terminaban mucho antes que el pan. La casa donde vivía abuela Rosalía estaba rodeada siempre de un olor a mantequilla, a azúcar tostada, a crema caliente...

—Un poco como abuela Rosalía será mi abuela inventada —pensó Isa.

La abuela de Antonio y Marta era viejita, viejita... muy viejita. Tenía la cara y las manos llenas de miles de arrugas y andaba encorvada. Tosía y tosía sin parar. Llevaba siempre en el bolsillo una cajita llena de pastillas de colores: menta, eucalipto, malvavisco... Decía que eran para la tos, pero todo el mundo sabía que las llevaba porque le gustaba tomarlas; también porque quería invitar con ellas a los niños que iban a escuchar los cuentos que ella contaba. Don Baltasar, el médico, decía que lo que de verdad le curaba la tos eran las inyecciones que él le mandaba y que lo que ella debería hacer es no hablar tanto, porque eso la cansaba y la hacía toser más.

Pero abuelita Marta no hacía ni pizca de caso de los consejos de don Baltasar. Se tomaba las pastillas que quería y contaba todas las historias que los niños le pedían y hasta cantaba viejos romances con una voz finita, que se le rompía a veces. Y entonces tenía que pararse, respirar fuerte y descansar un rato. Luego, volvía a empezar la historia:

En Sevilla, a un sevillano
siete hijos le dio Dios.
Y tuvo la mala suerte

que ninguno fue varón.
Un día a la más pequeña
le tiró la inclinación
de ir a servir al rey
vestidita de varón.
«No vayas, hija, no vayas
que te van a conocer.
Tienes el pelo muy largo
y verán que eres mujer...»

Y le daba la tos. Los niños no podían enterarse hasta después de mucho rato de cómo terminaba la historia; pero, en cambio, recibían una ronda de pastillas para la tos. Y podían elegir el color que querían.

Luego, abuelita Marta ya podía seguir contando; y los niños se enteraban, por fin, de que el padre de la chica consentía en que fuera a la guerra del moro. Y de que, al cabo de mucho tiempo, ella volvía y había ganado muchas batallas y, además, se iba a casar. Lo que ocurría con tantas interrupciones era que casi nunca llegaban a enterarse bien de si se casaba con el caballero cristiano o con el rey moro. Pero tampoco importaba demasiado porque las pastillas para la tos estaban tan ricas...

—Un poco como abuelita Marta será mi abuela inventada —se dijo Isa.

La abuela de Manolo se llamaba doña Manuela. Y casi no parecía una abuela. Era una señora grande y fuerte que se levantaba todas las mañanas muy temprano, montaba en su caballo y se iba al campo. Isa había oído decir que era una señora «de mucha hacienda». Y pensaba que eso debía de querer decir que doña Manuela tenía rebaños de ovejas y corderos pastando allá arriba en los prados de la montaña. Y también que le gustaban mucho los animales porque en su finca tenía perros y gallinas, patos y cerdos. ¡Ah, y muchísimos gatos!

—Un poco como doña Manuela será mi abuela inventada— se dijo Isa.

La abuela de Felipe y Teresina tenía malas las piernas. Nunca se podía poner de pie. Isa la conocía bien porque Felipe estaba en su clase y había ido con él muchas veces a su casa. Los dos hacían colección de cromos de animales y se reunían para cambiar los que tenían repetidos.

La abuela Teresa estaba siempre sentada en su sillón y tenía junto a ella un cesto enorme lleno de lanas de colores y de agujas de calcetar de varios gruesos. Y trabajaba, trabajaba sin parar.

—¡Felipe, hijito, ven que te pruebe esta manga! —decía cada poco rato.

Y era bastante lata tener que dejar los cromos y esperar a que la abuela Teresa probase, midiese y luego contase los puntos.

A cambio de eso, Felipe y Teresina tenían los gorros, las chaquetas y los calcetines más bonitos del pueblo.

—Un poco como abuela Teresa será mi abuela inventada —se dijo Isa.

La abuela de Tomás se llamaba doña Tomasa. Tenía un mal genio terrible. Todos los niños le tenían miedo y procuraban alejarse de ella. Tenía los ojos muy azules, y azul era también el pañuelo con el que se recogía el pelo cuando iba a trabajar. Tenía las manos grandes, fuertes y ásperas porque era jardinera. Poseía la huerta y el jardín más bonitos de todo el pueblo. Las mejores verduras y las más hermosas flores las criaba y las vendía ella. Y lo mismo en invierno que en verano, Tomás traía, un día sí y otro no, un hermoso ramo de flores a la escuela. A él no le gustaba eso de andar por las calles con su ramo de flores, pero su abuela se lo entregaba y él tenía que obedecerla para que ella no se enfadase. Además, a la señorita Laura le gustaba tener flores frescas en su mesa de la clase todos los días.

—Un poco como doña Tomasa será mi abuela inventada —se dijo Isa.

Y llegó a la puerta de su casa y se sentó en el poyete de piedra que había adosado a la pared. Quería pensar con comodidad y en silencio.

—¿Cómo la llamaré? ¿Abuela Isa? ¿Doña Isa? ¡No! ¡No me gusta nada! ¡Suena mal! ¡Es un nombre corto y feo! ¡No dice nada!

Siguió pensando y pensando... Y cuando se quiso dar cuenta, estaba empezando a oscurecer. Entró en casa.

MAMA, mamá! ¿Dónde estás?

—Estoy aquí, en la despensa...

Estaba encaramada en un banquillo buscando algo en las baldas altas.

—¿Qué haces?

—Estoy buscando un paquete de pan rallado que tenía yo por aquí, en alguna parte.

—Mamá, ¿es verdad que Leticia quiere decir alegría en latín?

—Sí, creo que sí.

—Juan me ha dicho que su abuela se llama así. Es un nombre bonito ¿verdad? Me gusta eso de que el nombre signifique algo... ¿Para qué quieres el pan rallado?

41

—Vamos a tener croquetas para cenar.

—A papá no le gustan.

—Pero a ti y a mí sí nos gustan y papá no estará aquí esta noche.

Le han llamado de la ciudad, tendrá que trabajar unos días en la Oficina Central. Parece que algo no funciona bien en la presa de La Peña y...

—¡Vaya, yo que necesitaba que me ayudarais los dos esta tarde...!

—¿Qué te hace falta?

Mamá había encontrado el paquetito de pan rallado y estaba preparando las croquetas. Isa se sentó a su lado en la banqueta de la cocina.

—Necesito un nombre de abuela.

—Tienes dos: Clementina y Andrea. Tú no has conocido ni a mi madre ni a la madre de tu padre, pero...

—No me sirven. Esos nombres no me gustan. ¿Quieren decir algo? ¿Suenan bien? No, ¿verdad? Pues no me sirven...

—Bueno, seguiremos buscando...

Isa empezó a preparar la mesa para la cena. Con la espumadera su madre sacó de la sartén unas croquetas calientes y churruscantes y las colocó sobre una fuente de porcelana.

Se sentaron a cenar.

—¡Tus vitaminas! Voy a buscarlas —dijo mamá.

—Yo voy, ¿dónde están?

—Ahí, sobre la chimenea, junto al tarro de opalina.

¡Opalina! Isa no se había parado nunca a mirar con interés el tarro de cristal blanco lechoso que estaba en la repisa de la chimenea. ¡Opalina! Era como un

nombre cantado y quería decir algo...

— ¡Ya tengo nombre! —se dijo.

Y se dedicó a comer croquetas,
que estaban buenísimas y le gustaban muchísimo.

CUANDO a la mañana siguiente cruzó la plaza para entrar en la escuela, el alcalde y su amigo se afanaban alrededor de la fuente. Estaban midiendo las piedras de la base o algo así.

El arquitecto miró la cartera. El alcalde miró a Isa:

—Buenos días, ¿encontraste el nombre que buscabas?

—Sí, lo encontré.

—¿Es bonito?

—A mí me gusta.

—¿Qué nombre es?

—Opalina.

—¿Opalina? O-pa-li-na... Opalina —el alcalde pronunció el

nombre en distintos tonos y con diferentes músicas—. Oye, me gusta. Fuente Opalina. ¡Suena muy bien!

—¡El nombre lo he buscado yo para mi ejercicio de redacción!

—Pues ya puedes irte buscando otro, porque éste se queda para la fuente.

—¡Ese nombre es mío!

—Pero tú lo cedes para la fuente, que es un servicio público. Tu ejercicio es solamente de interés particular tuyo.

—¡Ustedes no me ayudaron ayer nada a buscar el nombre que yo necesitaba y, en cambio, se pusieron a discutir sobre si yo era Isabel o Isaac! ¡Y no me ayudaron! ¡Y ahora me quieren robar mi nombre de abuela! Pues es mío, mío y mío. Y todo el mundo lo va a saber. Lo voy a escribir en mi cuaderno y se lo voy a leer a todos. Si luego se lo ponen a la fuente, todos sabrán que me lo han copiado a mí.

Tanta rabia tenía que se le había puesto la cara colorada y se le amontonaban las palabras en la garganta.

Los dos hombres se quedaron callados mirando cómo Isa daba media vuelta y se encaminaba a la puerta de la escuela. La cartera se balanceaba violentamente de adelante atrás... menos mal que no se encontró con ninguna pierna.

Isa entró en la escuela, se sentó en su pupitre, abrió su cuaderno y escribió de un tirón y sin apenas corregir alguna palabra:

«**Abuelita Opalina.**

Abuelita Opalina es mayor, como todas las abuelas, pero no es vieja. Tiene el pelo blan-

co muy fino y lo lleva siempre muy bien peinado. Lleva vestidos largos hasta los pies y en los zapatos lleva hebillas de plata que le brillan mucho. Su abuelo fue gobernador y ella fue princesa cuando era joven y todavía se le nota bastante.

Su pelo y sus manos y sus vestidos huelen a limón. Al aroma del limón, y nadie huele tan bien como ella.

Sabe todos los cuentos y todos los refranes y todas las canciones. Y siempre que se lo pido me los cuenta y puedo invitar a mis amigos a que vengan a escucharla cuando yo quiero.

Sabe hacer bollos y roscas y galletas; son los más ricos que se hacen en el pueblo. Y yo puedo comer todos los que quiero y ella dice que sí, que coma los que me apetezcan, porque me sientan bien y me ayudan a crecer.

Mientras estoy en la escuela se va al campo montada a caballo y cuando vuelvo a casa siempre me encuentro un regalo: un patito, una pareja de gatitos, un perrito recién nacido...

También me hace otros regalos. Teje lanas suavecitas que nunca pican y me hace chaquetas, gorros y calcetines. Si quiero, puedo estrenar cosas nuevas todas las semanas.

Abuelita Opalina tiene un jardín muy grande lleno de flores. Todos los días manda un ramo a la escuela. La clase huele bien gracias al ramo que hay en la mesa de la profesora.

Nunca se pone mala mi abuela y nunca hay que cuidarla. Tampoco hay que hacerle encargos porque a ella le gusta hacérselos sola.

Aunque nunca tose, tiene una cajita llena de pastillas muy grandes de muchos colores, y yo puedo comer las que quiero porque como ella no las necesita...

Abuelita Opalina me quiere mucho y dice que de todos sus nietos y nietas me prefiere a mí. Yo también la prefiero a ella de abuela, y le digo que me gusta mucho como es, y que quiero que esté siempre conmigo, y eso la pone muy contenta.»

VES como no era nada difícil? Te ha salido muy bien —aseguró la señorita Laura en cuanto hubo leído el ejercicio de Isa. Lo malo empezó cuando Isa leyó el trabajo a sus compañeros:

—¡Nos has robado nuestras abuelas!

Y no volvieron a dirigirle la palabra en toda la mañana.

A la salida volvieron a su acusación:

—¡Nos has quitado nuestras abuelas! ¡Son ellas las que hacen todas esas cosas que tú dices que hace la tuya!

Pero ahora Isa había tenido

tiempo de preparar su defensa y ya sabía lo que iba a contestar:

—No os las he quitado. Solamente ha sido como tomarlas prestadas durante un rato. ¡Yo no tengo ninguna abuela...!

Y todos se quedaron callados.

—A mí no me importa que le haya quitado un pedacito a mi abuela Teresa —dijo Teresina—. Total sólo ha dicho lo de hacer calcetines y eso...

—No os he quitado nada —repitió Isa—. Solamente he tomado prestados trocitos de vuestras abuelas, eso es. Y con trocitos de todas he hecho una entera para mí. Trocitos prestados... Yo solamente quería que mi abuela inventada se pareciera a vuestras abuelas de verdad.

Y esta vez Isa supo que había sabido decir justamente las palabras adecuadas.

El grupo de niños se desparramó por el pueblo. Era la hora de comer y todos tenían apetito.

Y durante la comida, en todas las casas se comentó el ejercicio de Isa. Abuelita Opalina se sentó a la mesa de muchísimas familias de Brincalapiedra. No comió nada, pero muchos viejos corazones se emocionaron al oír su nombre y muchas viejas cabezas empezaron a discurrir por su causa.

—Le he contado a mi abuela que hablabas de ella en tu ejercicio ¿sabes? —dijo Tomás por la tarde mientras jugaba a las canicas con sus compañeros a la salida de clase.

Isa prefirió no hacer comentarios. Le parecía que lo mejor era olvidar todo el asunto, así que se concentró en hacer que su canica azul hiciera el recorrido correcto hasta el hoyo.

Y la tarde terminó tranquilamente, como todas las tardes.

Y, como todas las noches, Isa durmió tranquilamente.

Y, como todas las mañanas, se levantó... tranquilamente, es verdad, pero dando tumbos y con los ojos llenos de sueño. Se lavó poco, desayunó bastante, y corrió hacia la puerta mucho, porque, como siempre, se le había hecho tarde.

En CUANTO abrió la puerta de la calle, se llevó la primera sorpresa. Sobre el umbral encontró un paquete envuelto en papel de colores y atado con una cinta roja:

—¡Repastillas! ¿Qué será esto?

Se inclinó, lo levantó y vio que, colgando de la cinta roja, había una pequeña etiqueta blanca: «Para Isa, de parte de abuelita Opalina».

—¡Jopelines...! —exclamó entre dientes y no pudo decir nada más.

El corazón le había dado un vuelco de alegría y el estómago se le había encogido del susto. Hay que reconocer que recibir el regalo de una persona que no existe es algo que sorprende y asusta bastante a cualquiera...

—¡Cierra la puerta de una vez, que hay corriente! —gritó mamá desde la cocina.

Isa se metió el paquete debajo del brazo, cerró la puerta y echó a andar hacia la escuela.

Al cuarto paso el paquete empezó a dejar de ser un misterio tan misterioso. Del papel de colorines se desprendía un olorcillo...

—¡Galletas de nata! De las que hace abuela Rosalía...

Isa sonrió. Estaba empezando a comprender.

Se acomodó la cartera debajo del brazo y abrió una esquinita del paquete. Sacó una galleta y empezó a mordisquearla.

¡Estaba buenísima!

Le dio un buen mordisco y la

boca se le llenó de galleta. Una sombra azul se destacó de la pared del huerto de doña Tomasa y agarró a Isa por los hombros.

—¡Ay!

Casi toda la galleta que tenía en la boca se le fue a Isa por camino equivocado a causa del susto. Empezó a sentir que se ahogaba, tosió, lloró, hipó, saltó, se retorció... Tres enérgicas palmadas en la espalda la ayudaron a deshacerse de las migas de galleta que la ahogaban...

Dos manos fuertes agarraron las suyas y le pusieron entre los brazos un enorme ramo de lilas, frío y goteante...

—Abuelita Opalina quiere que hoy lleves tú las flores a la escuela —dijo una voz firme y decidida.

Cuando Isa consiguió dejar de toser, de llorar y de moquear, echó una tímida mirada a su alrededor. No había nadie. La sombra azul había desaparecido tan bruscamente como apareció.

Isa respiró hondo y se limpió los ojos y la nariz con el dorso de una mano.

—¡Vaya! Ya son dos las que juegan a ser abuelita Opalina...

Levantó del suelo la cartera y el paquete de galletas, estiró el brazo en el que llevaba las lilas para que no le goteasen sobre la pierna y siguió andando hacia la escuela.

—¿Para qué diablos se le ocurriría a la señorita Laura hacerme escribir aquella redacción? ¿Qué van a decir Rosalía y Tomás cuando se enteren de...?

¡Zas! Al doblar la esquina para entrar en la plaza, un chorro helado le roció la cabeza y el cogote y le entró por la espalda.

Isa dio tal respingo de espanto

que su frente chocó violentamente contra la pared de piedra.

Le pareció que la pared se doblaba y que la calle bailoteaba bajo sus pies, y descubrió con horror que, en plena mañana, el aire se volvía negro y que no conseguía respirarlo.

Cayó al suelo de rodillas, abrazando su cartera, su paquete de galletas y su ramo de lilas. Y empezó a tiritar de tal forma que los dientes le castañeteaban sin parar.

Al cabo de un buen rato consiguió empezar a respirar. A la segunda inspiración el olor a limón le llegó hasta la mismísima punta del dedo gordo del pie.

Y con el olor de limón le entró el convencimiento de que estaba metiéndose en un lío gordo.

—Ahora todo el día te envolverá el aroma de abuelita Opalina

—le susurró muy cerca una voz suave.

Y cuando miró en aquella dirección, vio a doña Irene que marchaba sosegadamente hacia su casa, apoyada en su bastón de puño de plata. Isa se incorporó como pudo y, palpándose con cuidado el chichón que empezaba a abultarse en su frente, miró el suelo a su alrededor: cartera, galletas, flores... Dudó si dejarlo todo allí y volverse a casa, o dejarlo todo allí y marchar a la escuela, o sentarse junto a todo ello y no ir a ningún sitio...

Acabó por reunirlo todo como pudo y entrar en la plaza. Al otro lado se agrupaban ya bastantes niños a la puerta de la escuela.

—En cuanto esté a su lado ya no me podrá pasar nada.

Y empezó a cruzar la plaza.

El grupo entero se abrió para

mirar a Isa y todos los ojos reflejaron asombro y curiosidad.

Isa presentaba un aspecto bastante sorprendente: el pelo revuelto y mojado, la nariz húmeda, los ojos llorosos, las lilas, el paquete de galletas, el chichón que se hinchaba en su frente...

El primero en hablar fue Juan:

—¿De dónde has sacado esas lilas? Parecen del jardín de mi abuela.

—Ella me las ha dado para que las traiga a la escuela —explicó Isa.

—¿Y por qué tienes que traer tú sus flores a la escuela? Ella es mi abuela, no la tuya.

—Ya sé que es tu abuela y no la mía, pero es que ella es... es una de las que... de las que están jugando a ser abuelita Opalina, ¿comprendes?

—¿Quieres decir que está ju-

gando a que es la abuelita de tu ejercicio de redacción? ¿Eso quieres decir?

—Eso mismo. Y no es ella sola...

—No, ya lo veo. ¡Esas galletas las ha hecho mi abuela! —acusó Rosalía.

—¡Y hueles a mi abuela! ¡Hueles muchísimo a mi abuela! —reprochó Irenita olfateando el aire alrededor de Isa con grandes aspavientos.

—Ella me ha duchado con colonia helada cuando venía hacia aquí. ¡Menudo susto me ha dado! Ahora apesto a limón...

—¡Ah! Así que el olor de la colonia de mi abuela te parece apestoso... ¿eh? Pues no escribiste eso en tu trabajo...

—Aquello era solamente una cosa que se escribe para presentarla en clase —se defendió Isa.

—¿Y las galletas de mi abuela te gustan o no? —apremió Rosalía.

Isa intentó salir del compromiso lo más airosamente posible. Las galletas le gustaban muchísimo, pero ¿cómo decirlo así de claro delante de aquella feroz mirada de Irenita?

—Las galletas... bueno, las galletas sí... claro que me gustan...

—¡Ya lo creo que te gustan! ¡Y bien de ellas que comes cuando vienes a casa! ¡Ahora te las venías comiendo, yo te he visto masticar! ¡Y mirad, mirad el paquete abierto...!

—¿Y te atreverás a decir que no te gustan las flores de mi abuela? ¡Sí, a lo mejor lo dices! A lo mejor dices que no te gustan, aunque eso no te lo va a creer nadie porque hablabas de ellas en tu ejercicio, y ahora ella te las ha dado a ti para que las traigas a clase y yo...

Isa, que había creído, hacía un momento, que se iba a encontrar entre amigos, descubrió ahora que todos parecían estar en contra suya. Y, de repente, sintió que la furia le subía a la garganta:

—¡Yo no he pedido nada! ¡No quiero nada! ¡No quiero a vuestras abuelas ni nada de lo que ellas dan! ¡Podéis decírselo a ellas! ¡Y decidles también que me dejen en paz!

Y en el colmo de la rabia más desesperada tiró al suelo flores, galletas y cartera. Luego echó a correr hacia la fuente.

—Meteré la cabeza en el pilón y me lavaré bien para librarme de este dichoso, pegajoso, asqueroso olor a limón... —se propuso.

Y llegó hasta el borde de la fuente.

Arrugadita, arrugadita y con su paso menudito, abuela Marta salió de detrás del grupo que formaban el alcalde y el arquitecto.

Cuando Isa la vio, ya era tarde.

—Abre la boca, Isa, abre la boca que traigo una sorpresa para ti.

—¡Nooo! —gritó Isa con espanto. Y quiso retroceder para escapar.

Unas manos fuertes le sujetaban los hombros.

—Vamos, muchacho, hay que ser valiente. Abre la boca, como te dice tu abuela. Es mejor que te lo tomes pronto y sin pensar.

—Eso es, chiquilla, «los malos tragos pasarlos pronto», como decía mi tía Berenguela. Estoy seguro de que es bueno lo que te da tu abuela.

Entre los dos sujetaron firmemente a Isa, que no tuvo más remedio que abrir la boca y dejar que abuela Marta se la llenara de pastillas para la tos de todos los colores. Luego, la buena señora remató su hazaña con una palmadita en el carrillo de Isa.

—¡Ay, criaturita, criaturita, qué alegría tan grande me ha dado poderte complacer! ¿Qué no hará una abuela por sus nietos...?

Y se alejó del grupo con su paso menudito.

Isa se quedó luchando por desprenderse de los brazos del alcalde y del arquitecto, y por escupir las diecisiete pastillas de cinco colores distintos que le taponaban la boca.

Luchaba y se debatía con tan desesperada energía que los dos hombres se apartaron con bastante aprensión:

—¡Caramba! Este chico debe de estar realmente muy mal...

—Isa, hija mía, ¿por qué no te vas a casa?

Isa barbotó unas cuantas barbaridades entre dientes y entre las pastillas que estaba escupiendo; después, sin ni siquiera mojarse las manos en la fuente, volvió a la puerta de la escuela. Todos los niños habían entrado ya. Su cartera, las lilas y el paquete de galletas estaban allí, donde los había dejado.

Fue una mañana desastrosa.

Le salieron mal los problemas. No acertó ni una respuesta en geografía. Se dio un porrazo fenomenal en clase de gimnasia...

Durante el recreo no quiso hablar con nadie. Y por eso mismo no pudo evitar el oír lo que hablaban sus compañeros.

—¡Qué caradura! ¡Mira que decir que no quiere las cosas que

le han dado nuestras abuelas! —comentó Irenita.

—¡Encima de que nos las han quitado a nosotros para dárselas! —corroboró Juan.

—Bueno, tampoco os han quitado tanto; además, Isa no pidió nada —terció, conciliadora, Teresina.

—¡Escribió en su cuaderno que le gustaría tener abuelas que dieran cosas así!

—Sí, lo escribió, pero no para que lo leyeran las abuelas. Lo escribió para la señorita Laura. Lo que pasa es que todo el mundo se enteró...

—Sí, alguien se lo contó a las abuelas y se armó el lío.

Hubo un rato de silencio porque todos recordaban haber hecho algún comentario sobre el trabajo de Isa.

—Bueno, da lo mismo. El caso es que se enteraron.

—Y ahora se están entreteniendo en jugar a abuelita Opalina.

—Y le dan a Isa nuestras galletas y nuestras flores...

—Total, porque un día no tengas galletas y porque Juan no traiga flores, no importa nada, ¿no? Y si vuestras abuelas se divierten con eso... —intervino Felipe.

—Oye, tu abuela no está jugando a abuelita Opalina, ¿verdad? —le preguntó Juan con bastante mala idea.

Y la jornada escolar terminó para Isa tan rematadamente mal como había empezado. En clase de música se equivocó tantas veces y desafinó de tal manera que...

—Isa, pasa al grupo de los atrasados. No sé qué te pasa hoy, parece que estás todo el rato pensando en las chichirimbainas

—dijo la señorita Sofía bastante enfadada.

Llegó a su casa triste y con el ánimo decaído. ¡Vaya un día más espantoso!

Mamá salió a su encuentro con la cara de las grandes alegrías.

—¡Isa, mira lo que han traído para ti!

Y levantó en sus manos un paquete bastante grande atado con un hermoso lazo azul.

Isa lanzó una especie de rugido:

—¡No! ¡No! ¡No lo quiero! ¡No quiero nada!

Y pasó junto a su madre como un vendaval desatado. Entró en casa, tiró la cartera en un rincón y fue a encerrarse en su cuarto, donde se sentó en la cama con la cara más espantosamente enfurruñada que imaginarse pueda.

Cuando su madre se recuperó de la sorpresa, lo cual fue algunos minutos después, entró también en la casa y más tarde en el cuarto de Isa.

—¿Qué te pasa?

Silencio por parte de Isa.

—¿Qué ha ocurrido?

Más silencio.

—Vamos, dime algo. ¿Es que ya sabes lo que hay en el paquete y no te gusta?

Todavía más silencio enfurruñado.

—¿No vas a abrir el paquete? Mira, en la tarjeta hay un mensaje. Pone «*Para Isa, de abuelita Opalina*».

Gemido lastimero por parte de Isa.

—¿Qué te pasa? ¿Te encuentras mal?

—¡¡¡No me hables de abuelas!!! —gritó Isa.

Y ahora fue mamá la que se

quedó muda durante un buen rato.

Un larguísimo buen rato en que no hubo más que gesto furibundo de Isa y mirada completamente desconcertada de mamá.

Luego, ésta se atrevió a preguntar:

—¿Puedo abrir el paquete para ver lo que hay dentro?

Isa se limitó a encogerse de hombros. Mamá dio tres vueltas al paquete, lo sopesó entre las manos, se lo acercó a la cara y lo olió. Luego miró a Isa, que se estaba contemplando las puntas de los zapatos con tal fijeza que parecía que quería hipnotizarlos, y por fin desató el lazo azul.

—¡Mira, Isa! ¡Qué preciosidad! ¡Y justamente de tu medida! ¿Quién puede ser esta abuelita Opalina que te manda un regalo tan bonito? Oye, ¿no tiene una

chaqueta de punto muy parecida a ésta tu amigo Felipe? Sólo que me parece recordar que la suya es azul. Pero... ¿qué te pasa ahora?

Isa se había agarrado la cabeza con las dos manos, se balanceaba adelante y atrás sobre la cama, y murmuraba con una desesperación que no podía ser ya más desesperada:

—¡También Felipe y Teresina me odiarán ahora...! ¡También Felipe y Teresina...! ¡Y yo no les he hecho nada! ¡Yo no le he hecho nada a nadie! ¡Las abuelas de este pueblo están locas! ¡¡¡Están loquísimas...!!!

—Isa, ¿qué estás diciendo? ¿Qué te pasa?

La voz de mamá sonaba alarmada de veras.

Y, por fin, Isa no pudo guardar su secreto más rato y, a trompicones, tartamudeando a veces y casi llorando en algunos momentos, contó a su madre el horrible día que había pasado a causa de todas aquellas buenas señoras que se habían empeñado en jugar a que eran abuelita Opalina.

—Bueno, Isa, no te preocupes. Ahora ya ha pasado...

—¡Ahora acaba de empezar! ¡Todas parecían muy divertidas! ¡Querrán seguir jugando y me perseguirán por todo el pueblo! ¡Si acepto sus regalos, sus nietos se enfadarán conmigo! ¡Ya se han enfadado! ¡Y si digo que no quiero nada de ellas, mis amigos se enfadan también...!

EH! ¿Dónde estáis? ¿Es que no hay nadie en casa?

La voz venía desde la entrada.

—¡Ha llegado tu padre!

Mamá salió, dejando la chaqueta roja abandonada sobre la cama; y un momento después Isa la oyó hablar con papá y con una voz femenina que le era desconocida.

Y enseguida papá apareció en la puerta del cuarto de Isa:

—¿Qué es esto de no salir a recibirme? ¡Y yo que te he traído una sorpresa...!

Isa temió lo peor. Y lo peor sucedió.

En el marco de la puerta, junto a papá, aparecieron mamá y una señora de pelo blanco, vestida de oscuro, que llevaba en las manos un maletín y un paraguas.

—Mira quién ha venido conmigo. Es mi tía Nieves. Yo viví grandes temporadas con ella cuando era pequeño. Fue un poco como mi madre, así que ella es ahora un poco como tu abuela...

Sobre la cama, Isa dio un salto que le hubiera envidiado el orangután mejor entrenado de la jungla. Luego, se tiró al suelo y desapareció bajo la cama.

—¡No! ¡Una abuela no...! —fue el lamento que salió de allí abajo.

—¿Qué le pasa? —preguntó papá, alarmadísimo.

Y mamá se llevó a su marido y a tía Nieves al cuarto de estar, los acomodó en sendos sillones y les contó la desafortunada historia de abuelita Opalina.

Mientras tanto, debajo de la cama, Isa pensaba y pensaba y pensaba...

Y, de repente, tanto pensar le dio resultado. ¡Hizo el más fantástico de los descubrimientos!

—¡Claro! ¿Cómo no me he dado cuenta antes?

Se deslizó fuera de su escondrijo y se puso de pie, hizo dos cabriolas y pegó tres saltos. Se dio un coscorrón contra la estantería, y dos tebeos y seis libros volaron por los aires y cayeron luego al suelo haciendo bastante estrépito. Papá salió al pasillo:

—¿Qué estás haciendo? No seas cerril y ven a saludar a tía Nieves, anda.

¡Nieves! ¡Si hasta tenía un nombre que quería decir algo! ¡Algo tan bonito como la nieve!

Entró en el cuarto de estar y se abalanzó al cuello de la señora.

—¡Me alegro mucho de que hayas venido! ¿Te quedarás mucho tiempo? ¡Sí, por favor, quédate mucho tiempo!

Tía Nieves no entendía absolutamente nada. No podía explicarse la súbita razón de aquel cambio, pero, como era de natural amable y bastante comprensiva, prometió todo lo que Isa quiso.

Y entonces Isa se lanzó a la calle a todo correr. Gritaba:

—¡Tengo una abuela! ¡Tengo una abuela mía en casa! ¡El que no lo quiera creer que venga a verla! ¡No necesito abuelas prestadas y de mentira! ¡Tengo una abuela mía de verdad en casa...! Se paró delante de las ventanas de todos sus amigos y de las abuelas de todos sus amigos para gritar su pregón.

Luego se plantó en el centro de la plaza y lo voceó una vez hacia cada uno de los cuatro lados.

El alcalde y el arquitecto, que andaban midiendo la fuente como siempre, cuando oyeron los gritos se quedaron boquiabiertos.

—Siempre me pareció que este chiquito andaba mal de la cabeza.

—Querrás decir que esta chiquilla te pareció siempre fuera de sus cabales.

—¿Es que todavía no te has dado cuenta de que es Isaac?

—¿Es que eres tan cabezota que todavía no te has convencido de que es Isabel?

Y eso fue todo lo que aquellos dos hombres fueron capaces de interesarse por aquel ser humano llamado Isa. Es decir, que no fueron capaces de interesarse nada.

Pero a Isa no le importó gran cosa.

En casa esperaban mamá, papá... y abuelita Nieves.

Sabía que mañana recuperaría de nuevo a sus amigos por completo en cuanto les explicase... Y todo volvería a ser como antes. No, mejor que antes porque tendrían algo nuevo y divertido que comentar juntos. Sintió un impulso generoso y gritó hacia los dos hombres:

—¡Se pueden quedar con el nombre, se lo regalo para la fuente!

Luego, emprendió la vuelta a casa caminando despacio. Se había cansado muchísimo en su largo recorrido por las calles de Brincalapiedra.

—¡Uf...! Menos mal que el nombre del pueblo nunca se hará verdad. Mira que si un día las piedras, de repente, empezasen a brincar y... Bueno, ¡a lo mejor, hasta resultaba divertido!

Ahora que todo había pasado tenía que reconocer que no había estado del todo mal que las abuelitas hubieran hecho todo aquello... ¡Habían demostrado que Isa les importaba!

Pensó en que tendría que hacer algo para demostrarles su agradecimiento.

Empezó a imaginar las cartas que iba a escribirles. Todas empezarían: «*Querida abuelita Opalina*». Pero luego todas serían distintas, porque también habían sido distintas las cosas que ellas le habían regalado.

Llevaba la cabeza tan llena de las cartas que estaba inventando que no vio a Fulgencio, el jardinero municipal, hasta que no oyó su saludo:

—¡Adiós, Isa!

—¡Adiós, Fulgencio!

Isa le vio alejarse con su gesto amable y su paso cansino de siempre. Fulgencio era ya bastante mayor, era como un abuelo...

¡Y no tenía nietos!

Isa empezó a inventar una nueva carta:

«Querido abuelo Fulgencio...»